Début d'une série de documents
en couleur

A. OIM
FILS UNIQUE
HACHETTE ET Cie

BIBLIOTHÈQUE
DES ÉCOLES ET DES FAMILLES

HACHETTE ET Cie

Fin d'une série de documents
en couleur

FILS UNIQUE

COULOMMIERS
Imprimerie PAUL BRODARD.

BIBLIOTHÈQUE DES ÉCOLES ET DES FAMILLES

Albert CIM

FILS UNIQUE

LE NEVEU DE Mme PAPILLON

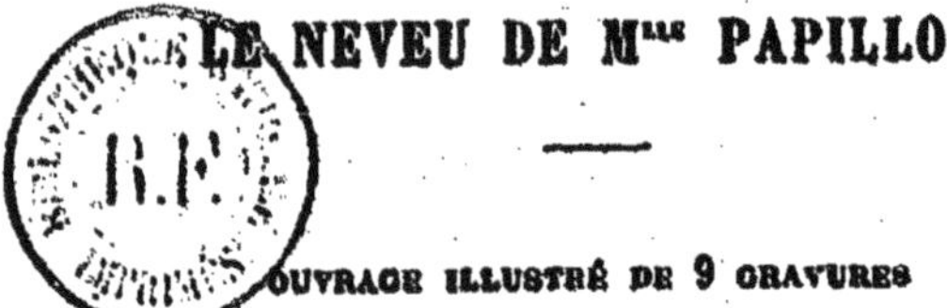

OUVRAGE ILLUSTRÉ DE 9 GRAVURES

PARIS
LIBRAIRIE HACHETTE ET Cie
79, BOULEVARD SAINT-GERMAIN, 79

1895

A MON PETIT AMI

RENÉ FERNAND-LAFARGUE

FILS UNIQUE

I

Je me souviendrai longtemps de la promenade
que nous fîmes, Paul de Guerpont et moi, un jeudi
de février.

Souvent, les après-midi de jeudis en particu-
lier, lorsque nos devoirs étaient terminés, nos
leçons apprises, nous nous en allions ainsi, Guerpont et moi, battre la campagne aux alentours de
notre petite ville de Popey-sur-Ornain ; nous grim-
pions sur les friches de Savonnières, nous nous
enfoncions dans les bois de Véel ou de Combles,
ou nous suivions jusqu'à Fains ou Longeville le
marchepied du canal.

Ce jeudi-là justement nous avions décidé de nous diriger du côté de Longeville. Il faisait ce qu'on nomme « une belle gelée » — bien que, prétend-t-on aussi, il n'existe pas plus de belles gelées que de belles fluxions de poitrine ou de belles rages de dents — et nous voulions voir si la rivière, l'Ornain, qui commençait à charrier de gros glaçons sous les ponts de la ville, était « pris » en amont, au-dessus de la cascade de la Grande-Brèche notamment.

Comme nous descendions la côte de Pelval et allions nous engager dans le chemin de Savon-nières, nous rencontrâmes un de nos condisciples, Daniel Huguin, qui portait une paire de patins sous son bras, et se hâtait, semblait très pressé.

« Venez-vous avec moi? nous cria-t-il. Je vais sur le canal, au Port; il y a quantité de patineurs.... »

Nous lui dîmes le but de notre excursion.

« Ah! à la Grande-Brèche! Tiens, c'est une idée! Et puis, si la rivière n'est pas gelée, il nous restera toujours la ressource de pousser jusqu'au canal, qui est tout près. Oui, je suis des vôtres! Vous voulez bien? »

Nous n'aimions pas trop Daniel Huguin, qui

était, selon le mot de M. Jamont, notre professeur de quatrième, aussi bien d'ailleurs que de MM. Mazin, Rousselot et Mienville, de tous nos maîtres précédents, « un cancre de la plus belle eau ». C'était, en outre, un garçon fantasque et volontaire, mauvais coucheur et égoïste fieffé.

Ses défauts trouvaient leur explication, sinon leur excuse, dans l'éducation qu'il avait reçue, les complaisances, cajoleries et gâteries que sa mère ne cessait de lui prodiguer.

Il était fils d'un fabricant de cotonnade, mort quelques années auparavant et qui n'avait laissé à sa veuve d'autre enfant que Daniel. Aussi toute l'affection, toutes les facultés, la vie entière de Mme Huguin, s'était-elle concentrée sur cet unique trésor. C'était pour lui, afin d'accroître son patrimoine, qu'elle s'était mise à la tête de la fabrique et travaillait et peinait de l'aube jusqu'à la nuit comme la plus laborieuse et la plus humble de ses ouvrières. Elle eût mieux fait cependant de la vendre, cette fabrique, ou même de la fermer, comme on le lui avait maintes fois conseillé : l'industrie cotonnière, jadis très florissante à Popey, agonisait, était morte, même; et

partout on le lui répétait, on le lui démontrait.
N'était-ce pas d'ailleurs par des pertes que se
soldait chacun de ses inventaires? Mais elle s'en-
têtait : « A force de lutter, pensait-elle, j'arriverai
à conjurer la malchance, à combler ces déficits,
et plus tard mon petit Daniel me saura gré de ma
persévérance et de mon courage! »

Daniel, en attendant, ne pensait qu'à s'amuser,
se dissiper, faire « endêver » cette trop tendre
maman.

« Voyez-vous, vous devriez le mettre pension-
naire au lycée, ce grand garçon-là, disait-on
encore de toutes parts à Mme Huguin. Il a besoin
d'être tenu, d'être maté! »

Et quelques-uns même, les plus intimes et les
plus clairvoyants, ajoutaient :

« Il vous donnera du fil à retordre plus tard,
madame Huguin; prenez garde! Vous êtes en
train de faire son malheur et le vôtre! »

Mais elle ne voulait rien entendre.

« Le mettre en pension! Me séparer de lui! Com-
prend-on cela? Ne plus l'avoir près de moi! Moi
qui n'ai que lui! Oh! mais alors que deviendrais-je?
Il y a vraiment des gens qui n'ont pas de cœur! »

Un voisin, un ami, dans l'intérêt même de Daniel, lui signalait-il quelque faute commise par l'enfant, elle se récriait aussitôt, excusait son fils ou le déclarait incapable de cet acte, et prenait en grippe l'officieux personnage.

Un professeur infligeait-il à Daniel un pensum ou une retenue — chose qui, certes, n'était pas rare, — elle s'empressait de donner tort au maître et de consoler et cajoler le « pauvre petit ». Souvent même elle courait chez le professeur pour implorer la grâce du chérubin.

« Ce n'est qu'un enfant, monsieur! Il se corrigera! Je vous en prie, ne soyez pas si sévère! C'est par la douceur qu'il faut le prendre! Je fais de lui tout ce que je veux, moi! Il est si doux, si soumis, si aimant!

— Oui, quand il a quelque chose à obtenir de vous, madame! lui répliquait un jour nettement le digne M. Rousselot, notre professeur de sixième. C'est alors, alors seulement, qu'il sait se montrer si soumis, si aimant, si gentil!

— Oh! monsieur! »

Quant à M. Maussans, le pharmacien, le subrogé tuteur de Daniel, depuis le jour où il avait eu l'au-

dace de répondre à Mme Huguin qu'il fallait « un
homme pour élever ce polisson-là! Oui, madame,
un homme! une poigne de fer! » elle avait vu en
lui un ennemi personnel et lui avait consigné sa
porte.

II

La compagnie de Daniel Huguin n'avait donc
que peu de charmes pour Guerpont et moi; mais,
ne voulant pas lui faire d'affront, nous acceptâmes
son offre. La route, au surplus, était libre et appar-
tenait à tout le monde, et nous ne pouvions empê-
cher Huguin d'aller comme nous à la Grande-
Brèche, si le cœur lui en disait.

A un kilomètre au-dessus du village de Savonnières, l'Ornain décrit une courbe, sur laquelle
s'embranche un petit canal, appelé le « faux canal »
ou encore « canal des usines », qui traverse Popey
dans toute sa longueur, et, après avoir couru
presque parallèlement à la rivière pendant près

Original en couleur

NF Z 43-120-8

Huguin voulut s'assurer de l'épaisseur de la glace.

d'une lieue, la rejoint à la sortie de la ville, à proximité du « pont biais ».

C'est cette courbe et cet embranchement qui portent le nom de « Grande-Brèche ». Il s'applique aussi à l'escalier formant jadis barrage, à la « cascade » construite dans le lit de l'Ornain en cet endroit, et à deux ou trois larges fosses, très profondes et très poissonneuses qui se trouvent non loin de là, en amont.

Ces fosses sont célèbres dans le pays, non seulement par les belles pêches qu'on y fait, les grosses truites et les superbes barbeaux qu'on y prend, mais aussi par les accidents qui y sont survenus, les baigneurs imprudents qui s'y sont noyés. On a même érigé dans le voisinage une pierre funèbre, une humble stèle, en commémoration d'une de ces catastrophes.

Après avoir dépassé Savonnières, nous suivîmes quelque temps la route qui mène à Longeville, puis nous obliquâmes sur notre gauche, à travers champs, en nous dirigeant vers ces fosses.

La rivière charriait encore et n'était prise que sur les bords.

Huguin, voulant s'assurer de l'épaisseur de cette

glace, la tâta du bout du pied ; puis, voyant qu'elle résistait, il y risqua son autre pied, en ayant bien soin toutefois de se retenir au tronc d'un des saules plantés sur la berge.

« Prends garde ! Remonte donc ! Remonte ! lui criions-nous.

— Pas de danger, mes amis ! N'ayez pas peur ! C'est solide ! »

Mais à peine avait-il prononcé cette fière et rassurante déclaration, que — sans doute par suite d'un effort qu'il fit pour s'appuyer, se mieux cramponner au saule,

La glace s'était détachée de la rive.

— la glace qui le portait se détacha de la rive, l'arbre lui échappa, et voilà notre camarade parti sur ce radeau improvisé, que le courant entraînait vers la cascade et qui menaçait à chaque seconde de chavirer ou de se briser.

Inutile de vous dire quelles clameurs d'effroi et de détresse poussait le pauvre garçon, ni comment, par quels appels désespérés, nous faisions chorus avec lui.

Mais il n'y avait nulle habitation autour de nous, rien que des champs dénudés, des prairies, des vergers et jardins, tous déserts en cette saison.

Et, toujours debout et tremblant sur son plateau de glace, toujours geignant et hurlant, l'infortuné Huguin filait grand'erre vers l'abîme.

Que faire? Comment l'arrêter, l'arracher à ce péril?

Nous n'avions ni perche ni corde à lui jeter, nous ne pouvions que le suivre, courir le long de la rivière, en criant de tous nos poumons :

« Au secours! Au secours! »

Soudain, devant nous, une haie s'entr'ouvrit et livra passage à un petit homme qui, tout en boitant et se déhanchant, s'élança vers la cascade et l'embranchement du « faux canal », franchit la berge et entra résolument dans l'eau, trop vive à cet endroit pour s'être déjà congelée, même sur les bords.

En même temps il brandissait un long râteau au-dessus de sa tête.

Dès qu'il fut à portée du glaçon qui servait d'esquif à notre malheureux camarade, il lança ce râteau en avant, de manière à faire dévier le glaçon et l'attirer vers lui.

Mais, à ce mouvement, Huguin, qui était à bout de forces, perdit l'équilibre, bascula avec son support, et, pouf! fit un plongeon au milieu de la rivière, à quelques brasses de la cascade.

Le petit boiteux ne lui laissa pas le temps de disparaître. Il le saisit par le col de sa blouse et l'entraîna avec lui jusque sur la berge, où nous étions arrivés et l'attendions déjà, Guerpont et moi.

« Vous êtes donc fou, pour vous risquer sur la glace, quand elle n'est pas plus solide que cela! »

Tels furent les premiers mots dont le petit boiteux apostropha Huguin, dès qu'il l'eut tiré de l'eau et mis en sûreté.

« Allons, reprit-il, venons nous chauffer! Il ne s'agit pas maintenant d'attraper une pleurésie! »

Mais Huguin avait été tellement ému et si terriblement secoué par son aventure, qu'il n'avait plus

Original en couleur

NF Z 43-120-B

L'homme alla au secours de Marcel.

même la force de se tenir debout. Il grelottait, en outre, de tous ses membres.

Nous allions le prendre, Guerpont et moi, chacun par un bras, lorsque le petit boiteux nous devança. Il aida Huguin à se relever ; puis, voyant que décidément l'autre chancelait et trébuchait à chaque pas, il le souleva comme une plume : « Allons, hop! » et l'emporta à travers la haie, puis le long des sentiers d'un vaste jardin, vers une maison basse, perdue dans un massif de grands arbres.

« Si vous êtes avec lui, venez! nous cria-t-il. Suivez-moi! »

Nous lui obéîmes et arrivâmes bientôt devant cette maison, une maison de jardinier, dans laquelle on accédait, du côté du jardin, par une remise encombrée d'arrosoirs, de brouettes, de bâches, *chaverots*, *charpagnes*, outils et instruments de toute sorte.

Au fond d'une grande chambre pauvrement mais très proprement meublée, sous le manteau d'une haute cheminée, une femme était assise, en train de coudre.

« Qu'y a-t-il donc, Savinien? Mon Dieu! qui

portez-vous donc là? s'écria-t-elle en se levant pré-
cipitamment et courant à notre rencontre.

— Vite, un fagot au feu, madame Michelot! Une
belle flambée! Nous venons de prendre un bain,
ce petit monsieur et moi, et, à cette saison, ça ne
vaut rien! »

Il déposa son fardeau sur une chaise, et, pendant que le fagot s'embrasait et pétillait dans l'âtre,
raconta en deux mots à cette dame Michelot ce qui
s'était passé. Puis il alla changer de vêtements et
revint bientôt se poster auprès du feu.

Durant ce temps, Mme Michelot avait aidé
Huguin à se déshabiller et à se couvrir de vieilles
frusques, tandis que les siennes, chemise, blouse,
pantalon, chaussettes, etc., étaient étalées sur des
sièges et séchaient à la « belle flambée ».

Tout en les surveillant, ayant soin de les
retourner de moment en moment, Mme Michelot
décrocha une large bouilloire rangée dans le vais-
selier, au-dessus du buffet, y mit des morceaux de
sucre et des brins de cannelle, y versa ensuite une
pleine bouteille de vin, et la suspendit à la cré-
maillère.

« Ah! vous avez raison, madame Michelot! Vous

Mme Michelot alluma un bon feu.

pensez toujours à tout, vous! dit Savinien. Un bon
verre de vin chaud, ça nous ragaillardira, n'est-ce
pas, jeune homme?

— Oui.... Merci.... Je veux bien... », murmura Huguin, qui avait toujours grand'peine à se remettre de ses horribles transes.

Touchée de compassion, Mme Michelot lui proposa de le reconduire en voiture jusque chez lui.

« Il faut que j'aille à Popey aujourd'hui pour y faire une livraison de plants de quenouilles... Vous les avez préparés, Savinien?

— Ils vous attendent, madame Michelot. Ils sont dans la remise, entourés de paille....

— Si vous voulez profiter de mon carrosse? »

Comme la question s'adressait non seulement à Huguin, mais aussi à Guerpont et à moi, nous nous consultâmes du regard : nous craignions d'être indiscrets, et je commençais à bégayer des remercîments et un refus, quand Mme Michelot m'interrompit :

« Oh! ne craignez rien, mon fi! Vous ne nous gênerez pas! Il y a de la place pour quatre dans notre équipage! »

Cet équipage consistait en une grossière charrette à deux roues, traînée par une bourrique presque aussi haute et aussi forte qu'un cheval.

On déposa les plants d'arbre au fond de la voiture; Mme Michelot s'assit sur le devant, rênes en main, avec Huguin à sa gauche; Guerpont et moi, nous nous installâmes tant bien que mal derrière eux, et fouette, cocher! Au vigoureux trot de la bourrique, nous reprîmes le chemin de la ville, et l'on nous débarqua juste au pied de cette côte ou rue de Polval, où Daniel Huguin nous avait abordés quelques heures auparavant.

III

Quand Mme Huguin apprit à quelle tragique aventure avait échappé son fils, elle n'eut rien de plus pressé. après l'avoir étroitement serré contre son cœur et tenu longuement embrassé, que de se rendre à Savonnières et remercier le courageux sauveteur.

Grâce aux renseignements qu'il lui avait été facile de puiser autour d'elle — tout le monde se connaît en province, — elle savait déjà ce qu'était ce petit boiteux : un enfant recueilli à l'hospice et placé ensuite en apprentissage chez M. Michelot, qui s'intitulait, selon l'enseigne fixée au-devant de sa maison, « horticulteur, jardinier fleuriste et pépiniériste ».

Lorsque l'accident de Daniel s'était produit, ce jeudi de février, il y avait six semaines que M. Michelot était mort. Ses affaires n'avaient pas été très brillantes, et sa veuve, avait-on encore raconté à Mme Huguin, n'en attendait que la liquidation pour quitter Savonnières et se retirer dans sa famille, aux environs de Nancy.

Actuellement c'était son ouvrier, Savinien Tourillon, qui dirigeait seul l'entreprise.

Après lui avoir adressé tous les chaleureux remercîments et les bénédictions qui débordaient de son cœur, Mme Huguin supplia le sauveur de Daniel d'accepter un témoignage de sa gratitude.

Savinien aussitôt de faire un haut-le-corps et protester avec indignation.

« Croyez-vous donc, madame, que c'est dans l'espérance de recevoir de vous quoi que ce soit que j'ai repêché votre fils?

— Ne vous formalisez pas! N'interprétez pas mal ma prière! Dieu me garde de vous cau-

Daniel et sa mère allaient voir Savinien.

ser la moindre peine, à vous à qui je dois tant!

— Vous exagérez mes mérites, madame! Je n'ai fait que ce que tout autre eût fait à ma place.

« — Oh ! sans vous....

— Le hasard a voulu que je fusse à cette heure-là au bout de notre jardin. J'ai entendu des cris, je me suis avancé pour en connaître la cause, et je n'ai eu qu'à étendre mon râteau....

— O monsieur ! toute ma vie je me souviendrai !... Et c'est parce que je vous suis redevable du salut de mon enfant, du plus grand bonheur qui ait pu m'arriver, que je voudrais vous être bonne à quelque chose, vous procurer, à vous aussi, quelque plaisir....

— Je n'ai fait que mon devoir, madame, et, encore une fois, vous ne me devez rien et je ne veux rien, rien ! Je vous en prie, ne parlons plus de cela ! »

Mme Huguin dut s'incliner devant un refus aussi catégorique.

Cependant, peu de jours après, un matin de marché, ayant rencontré Savinien Tourillon dans la cour de la halle de Popey, elle revint à la charge.

« Je ne m'acquitterai jamais envers vous, monsieur Savinien. Néanmoins, si jamais vous pensiez que je pusse vous être utile, dites un mot !

Original en couleur

NF Z 43-120-8

 Hachette et Cie.

Mme Huguin rencontra Savinien.

— Je vous remercie, madame ; mais j'ai été trop heureux de ce qui est advenu pour avoir droit à la moindre récompense ; ce serait gâter....

— Vous ne me comprenez pas. Il n'est pas question de récompense, pas même question de vous offrir un souvenir. Vous n'en voulez pas, c'est entendu, et je n'insiste plus. Mais si, un jour ou l'autre, pour vous établir, par exemple, vous aviez besoin de quelque appui, d'un coup d'épaule, comme on dit, j'espère bien que vous songerez alors à moi.

— Oui, madame, je vous le promets.

— Et pourquoi ne la tiendriez-vous pas dès à présent, cette promesse ? poursuivit Mme Huguin.

— Mais... je ne saisis pas....

— Voyons ! Permettez-moi de vous parler un peu de votre situation. Je sais que votre patronne, Mme Michelot, cherche à se défaire de son établissement, et qu'elle ne trouve pas d'acquéreur, par suite de la mauvaise gestion et de l'insuccès de son mari. Verriez-vous avantage, vous qui êtes dans la place, qui en connaissez mieux que personne les chances de réussite et les inconvénients, à reprendre cet établissement à votre compte ?

— Mme Michelot me l'a déjà proposé, madame.

— Et vous avez refusé?

— Elle m'a offert même de me céder tout le matériel à bas prix, et payable par échéances; mais....

— Vous ne jugez pas l'entreprise fructueuse?

— Si, madame; je suis convaincu, au contraire, qu'elle aurait donné de très beaux résultats, sans le mauvais état de santé de M. Michelot. Il y avait trois ans qu'il ne s'occupait plus de rien, qu'il laissait tout aller à la débandade, lorsqu'il est mort.

— Eh bien?

— Il y a le propriétaire, madame; il y a un loyer de deux cents francs, payables par semestre, à la Saint-Jean. Sans cela, je me serais risqué!

— Et ce sont ces deux cents francs qui vous arrêtent?

— Cent seulement, madame. Ce n'est que le premier terme....

— Et vous ne disiez rien! Il faut que je vous arrache les paroles de la bouche! Voyez, vous manquiez déjà à votre promesse, monsieur Savi-

nien ! Ah ! mais vous allez me laisser faire maintenant ! Vous allez me laisser arranger les choses ! »

IV

Des années s'écoulèrent. Sous la gouverne de
Savinien Tourillon, l'entreprise d'horticulture de
feu M. Michelot prospéra rapidement. Savinien
employait maintenant trois ouvriers à la journée ;
il avait acheté et payé l'immeuble et l'enclos dont
il n'était que locataire au début, et il jetait déjà
son dévolu sur une bande de terrain contiguë à sa
propriété et projetait d'agrandir d'autant sa pépi-
nière.

Il était marié ; il avait épousé son ex-patronne,
Mme veuve Michelot, malgré les quatre ou cinq
ans qu'elle avait de plus que lui. Mais c'était une
femme si courageuse, si soigneuse et si entendue !
Il était conseiller municipal de la commune de
Savonnières et venait même d'en être nommé
adjoint.

Tout, en un mot, lui avait réussi, depuis le jour où Mme Huguin s'était entremise, lui avait imposé son aide et mis le pied à l'étrier.

La pauvre dame, elle, en revanche, n'avait fait que déchoir, pâtir et souffrir, durant ce temps.

Il lui avait fallu d'abord congédier un à un les ouvriers de sa fabrique de cotonnade, puis se décider à la fermer, personne ne voulant la reprendre. Il lui avait fallu se placer, travailler chez les autres, pour gagner sa vie et celle de son enfant : elle avait trouvé un emploi de contre-maîtresse dans une fabrique de corsets sans couture, industrie nouvelle qui prenait une grande extension à Popey-sur-Ornain, au détriment des anciennes filatures et vieilles maisons de tissus et de cotonnades.

Si seulement Daniel, par son travail et sa bonne conduite, eût apporté quelque soulagement à tant de déceptions et d'infortunes! Mais non, et c'était là le pire chagrin de la malheureuse mère, son grand désespoir actuellement.

Après avoir, par suite de son indiscipline et de son incorrigible fainéantise, redoublé sa quatrième, puis sa troisième, Daniel Huguin avait renoncé de lui-même à poursuivre ses études et demandé à quitter le lycée, où on ne le conservait, à franchement parler, que par égard pour sa mère. Il avait persuadé à celle-ci qu'il saurait faire son chemin, et un brillant chemin, dans la carrière militaire, et qu'il n'avait nul besoin de tout ce grec et de tout ce latin qu'on s'efforçait de lui enseigner.

« Aussitôt mes dix-huit ans accomplis, je m'engagerai... dans la cavalerie, dans les hussards ! Et tu verras ! tu verras ! Hein, quand je te reviendrai avec les épaulettes, que tu te promèneras à mon bras, dans les rues de la ville ? Seras-tu fière, hein, seras-tu heureuse ! »

Il la connaissait bien, sa mère, le rusé garnement, il savait la prendre et faire d'elle tout ce qu'il voulait.

Elle l'avait donc laissé abandonner ses études, et, bien que ses dix-huit ans fussent révolus depuis plusieurs mois, il était toujours à Popey et n'avait encore contracté aucun engagement militaire. Toujours quelque obstacle surgissait, tant il était facile au méchant drôle de leurrer sa crédule mère.

Il ne faisait rien d'ailleurs, rien que paresser, flâner dans les rues et hanter les cafés.

Il avait des dettes, et, à plusieurs reprises, Mme Huguin avait dû désintéresser ses créanciers.

« Je t'en prie, Daniel, je t'en supplie, ne recommence pas ! Tu vois bien que je n'ai que mes bras pour vivre, que je gagne à peine notre pain. Sois raisonnable, je t'en conjure ! »

Il lui promettait tout ce qu'elle voulait, et, le lendemain ou le soir même, recommençait de plus belle.

« Ah oui ! monsieur Maussans, vous aviez raison, disait-elle à présent au subrogé tuteur de Daniel. Il aurait fallu une main plus ferme que la mienne ! Ah ! si son pauvre père avait vécu, nous n'en serions pas là !

— Si seulement il travaillait, ce polisson, s'il connaissait un métier, n'importe lequel, reprenait M. Maussans. Mais non ! il n'est bon à rien, il ne peut rien faire ! Et s'il y a une vérité vraie au monde, c'est bien celle-ci, que l'oisiveté est la mère de tous les vices. Ah ! madame, quelle croix vous vous êtes infligée, et lui avez infligée, à lui aussi ! »

V

Un jour qu'il avait besoin d'argent et que sa mère était dans l'impossibilité absolue de lui en fournir, Daniel songea tout à coup à « son sauveur » : c'était par ce nom qu'il avait encore l'habitude de désigner le jardinier boiteux qui l'avait naguère repêché près de la cascade de la Grande-Brèche.

Mme Huguin ni son fils n'avaient du reste pas perdu de vue Savinien Tourillon. Chaque année, aux approches du 1er janvier, ils ne manquaient jamais de l'aller voir ensemble et lui renouveler l'expression de leur reconnaissance. Souvent aussi, durant la belle saison, ils se rendaient chez lui en promenade : la distance de Popey à Savonnières n'excède guère une demi-lieue, et c'est par le plus joli petit chemin, en contournant le pied de coteaux à pente rapide, plantés de vignes ou de jardins et couronnés de bois, que s'effectue le trajet.

Savinien montrait à Mme Huguin et à son fils
les améliorations et agrandissements qu'il avait
effectués dans son entreprise ; il leur faisait visiter
ses serres et sa magnifique collection de roses, qui
semblait intéresser tout particulièrement Daniel,
et dont il avait toujours soin d'offrir à Mme Huguin
un bouquet des plus ravissants spécimens.

Comme on ne se faisait pas faute de jaser dans
toute la ville sur la paresse et la mauvaise conduite
du « fils Huguin », les chagrins et les tourments
que cet enfant gâté causait à sa mère, ces bruits
avaient fini par arriver aux oreilles du jardinier
de Savonnières, et il était fixé sur le compte du
jeune homme.

Il ne fut donc pas très surpris en entendant
Daniel lui formuler d'une voix hésitante et hon-
teuse sa demande d'argent. Il lui remit sans mot
dire la petite somme qu'il sollicitait, mais en se
promettant bien, dans son for intérieur, de l'ad-
monester et le chapitrer si pareille démarche se
reproduisait.

Elle se reproduisit, en effet, et peu de temps
après : alléché par cette première réussite, et de
plus en plus entraîné par ses goûts de dépense,

talonné par ses créanciers, Daniel devait inévita-
blement revenir frapper à la porte de « son sauveur ».

Cette fois, il n'échappa pas à la mercuriale.

« Vous me dites, mon-
sieur Daniel, que Mme votre
mère ne peut pas vous
donner d'argent. Encore
plutôt ! est-ce que ce
n'est pas vous qui devriez
travailler pour lui en ap-
porter, vous qui devriez
l'aider à vivre ? se ré-
cria Savinien. Vous
n'avez donc pas
pitié d'elle ? Dieu
sait si elle vous
aime pourtant, si
elle a tout sacrifié

Daniel entra chez Savinien.

pour vous ! Cela ne vous fait pas de peine de la
voir « aller en fabrique » comme une simple
ouvrière, elle qui a jadis été maîtresse et patronne,
et vous ne rougissez pas de vous croiser les bras.

et fainéanter, un grand gaillard comme vous, lorsqu'elle se démène du matin au soir et se donne tant de mal? Voilà ce que je tenais à vous dire, monsieur Daniel; réfléchissez-y bien : vous êtes sur une mauvaise pente, mon ami! Maintenant, comme ce n'est pas de la morale que vous êtes venu chercher, n'est-ce pas? et comme je ne veux pas vous rebuter, certes! je vais encore vous avancer ce que vous me demandez. Mais je dois vous avertir que je ne pourrai pas toujours satisfaire à de telles requêtes, et que c'est donc à vous, puisqu'il vous faut de l'argent de poche, de faire en sorte d'en gagner. »

Daniel aurait bien voulu ne plus revenir à la charge; mais, quelques semaines plus tard, les menaces d'un de ses créanciers qui, après s'être adressé vainement à Mme Huguin, jurait, si l'on ne se hâtait pas de régler sa note, de porter plainte au commissaire de police, le forcèrent à recourir encore à l'obligeance de Savinien.

« Soixante francs! Il vous faut soixante francs, monsieur Daniel? Certainement, si je les avais, ce serait très volontiers. Mais je ne les ai pas.

— Oh! »

Daniel eut recours à l'obligeance de Savinien.

Et Daniel, après avoir poussé cette exclamation, courba la tête et manifesta le plus profond désespoir.

« Je vous avais cependant bien prévenu, la dernière fois, que vous ne pourriez pas toujours compter sur moi, reprit le jardinier. Je ne gagne mon pain qu'à la force de mes bras, à la sueur de mon front....

— Comment vais-je faire? interrompit Daniel, toujours livré à ses anxieuses pensées. Je n'ose plus rentrer chez nous.... Je n'ose plus même me montrer dans les rues de Popey.... Je vous ai expliqué la gravité de la situation.... C'est M. Gaumel qui, pour ces soixante francs, veut me poursuivre....

— Hélas! soupira Savinien d'un air qui signifiait : « Je n'y puis rien, moi! »

— Si vous me permettiez de... de rester chez vous... quelque temps seulement? hasarda timidement Daniel.

— Vous voulez dire : « me cacher chez vous? »

— Oui,... me cacher....

— Écoutez, monsieur Daniel, reprit Savinien après un moment de réflexion, soit, j'y consens! Vous resterez ici; mais comme il faut que vos dettes soient payées, et comme, pour les payer, il vous faut de l'argent, vous travaillerez pour en gagner. Je vous occuperai, moi; vous serez logé et nourri, et votre salaire servira à désintéresser

d'abord M. Gaumel, votre créancier le plus
acharné, puis les autres. La proposition vous con-
vient-elle? »

Comme Daniel ne répondait mot :

« Vous n'avez pas le choix, n'est-ce pas? ajouta
M. Tourillon. Je vais donc informer madame votre
mère que je vous garde, afin qu'elle ne soit pas
inquiète de votre sort. »

VI

Les premiers jours qui suivirent cette résolution
s'écoulèrent sans encombre. Daniel s'était pris
d'une belle passion pour les fleurs, pour la culture
des roses spécialement, et Savinien, mettant
cet enthousiasme à profit, instruisait de son
mieux l'apprenti jardinier, lui montrait à sarcler,
greffer, faire des boutures. etc.

Mais, au bout d'une semaine. l'ennui commença
à se faire sentir; une sorte de spleen, de nostalgie

de sa ville natale et de ses camarades s'empara de Daniel.

« Est-ce que, demanda-t-il un soir à M. Tourillon, je n'aurai pas bientôt atteint mes soixante francs?

— Nous n'en sommes pas encore tout à fait à la moitié, mon ami. Vous croyez donc que l'argent se gagne bien facilement et qu'il n'y a qu'à se baisser pour ramasser des écus?

— Mais....

— Je vous donne quatre francs par jour, le même prix qu'à mes deux ouvriers, bien que vous ne soyez qu'un débutant, qu'un apprenti. Eh bien, quatre fois sept font vingt-huit.... Vous voyez que nous sommes encore loin de compte! »

Lorsque la dette de ce M. Gaumel fut acquittée,

Daniel se mit à travailler.

Daniel témoigna aussitôt le désir de rendre sa souquenille et quitter le jardinage ; mais, juste à ce moment, deux autres créanciers survinrent, M. Coince, le propriétaire du café de la Place, et Mme veuve Gourdon, la marchande de tabac, qui, non moins intraitables que M. Gaumel, déclarèrent à M. Huguin fils que si leurs factures n'étaient pas réglées prochainement, en bloc ou par acomptes, ils le feraient arrêter par la police.

Une scène violente éclata à ce propos entre Daniel et son patron. Daniel accusa celui-ci d'être allé le dénoncer à ses deux créanciers.

« Sans cela, comment sauraient-ils que je suis ici ?

— Vous croyez donc qu'ils ne s'inquiétaient pas de vous et avaient fait leur deuil de votre dette ?

— Je crois surtout que vous trouvez commode d'avoir un ouvrier tel que moi, que vous ne payez pas cher !

— Des ouvriers comme vous, j'en trouverais à la douzaine, et pour moins cher, allez, jeune homme, je vous le garantis ! Demandez à vos deux collègues quel salaire ils touchent et s'il n'est pas le même que le vôtre! Ce que je veux? Pourquoi je tiens à vous garder? Je m'en vais vous le dire. C'est d'abord pour que vous vous libériez de vos dettes, qu'on ne puisse pas citer votre nom devant les tribunaux.... Oui! Ensuite, c'est pour que vous n'entriez pas dans la vie sans savoir un métier et posséder un gagne-pain. Enfin et surtout, c'est pour que vous cessiez de faire la désolation et le tourment de votre mère. Voilà, monsieur Daniel! Vous me remerciez souvent de vous avoir retiré de l'eau, de cette fosse de la Grande-Brèche que nous apercevons d'ici, tenez! Eh bien, moi, je me dis parfois que, pour ce que vous avez fait jusqu'à présent sur terre, franchement, autant aurait valu.... Suffit! Oui, je me suis mis en tête de faire de vous un bon fils, un travailleur et un honnête homme, et malgré vous j'y arriverai! »

Et Savinien Tourillon y arriva effectivement. A force de patience, de fermeté, d'obstination, d'habileté aussi et de ruse même, il parvint à assouplir le caractère de Daniel, à l'arracher à son oisiveté et à lui mettre, comme il disait, un gagne-pain dans les mains. Il fut ainsi deux fois « son sauveur ».

Bien des années, plus de trente ans se sont écoulés depuis cet après-midi de février où nous allions, Guerpont, Huguin et moi, nous promener à la Grande-Brèche, et où Savinien Tourillon, le petit boiteux, accomplit son premier sauvetage, et aujourd'hui encore, Daniel Huguin habite sous le même toit que le maître jardinier. Mais il ne s'y « cache » plus, il n'y est plus prisonnier; et si le hasard vous conduit dans le coquet et pimpant village de Savonnières, vous ne manquerez pas d'apercevoir, en suivant la Grand'Rue, au delà de l'église, une longue grille à flèches dorées, avec cette inscription au-dessus de la porte :

TOURILLON ET HUGUIN

ÉTABLISSEMENT D'HORTICULTURE

Plus que jamais l'entreprise des deux associés est en pleine prospérité.

LE NEVEU DE Mlle PAPILLON

LE NEVEU DE Mlle PAPILLON

I

Mlle Papillon était une pauvre petite vieille qui parcourait, il y aura tantôt un demi-siècle, les rues de Popey-sur-Ornain, en demandant l'aumône et en s'arrêtant çà et là pour psalmodier quelque mélancolique complainte. Elle accompagnait sa voix argentine et chevrotante des sons d'une guitare, qu'elle portait en bandoulière, une superbe guitare rehaussée d'arabesques de nacre, dont l'ampleur et le poids, bien léger pourtant, semblaient la rapetisser et l'écraser.

Plantée devant l'hôtel du *Lion-d'Or* ou devant celui du *Grand-Cerf*, ou bien accotée au porche d'une des aristocratiques demeures de la Ville-

Haute, contre une borne chasse-roue, elle modulait
ses couplets :

> Travaille bien.... Fais ta prière!
> La prière donne du cœur;
> Et quelquefois pense à ta mère,
> Cela te portera bonheur!

Ou bien encore :

> Ah! que j'ai douce souvenance
> Du joli lieu de ma naissance!
> . . . .

Un jour vint où la chanteuse dut interrompre
ses quotidiennes pérégrinations, où ses grêles
accords cessèrent de résonner dans les carre-
fours de Popey. Ses jambes, déjà si fatiguées,
refusaient de la porter; à peine pouvait-elle
se traîner dans son humble logis, aller, en s'ai-
dant d'un bâton, du coin de sa cheminée au seuil
de sa porte ou à sa fenêtre. L'antique et resplen-
dissante guitare fut délaissée, irrévocablement
suspendue à un clou, au-dessus du lit de la men-
diante, que de charitables personnes venaient
réconforter et secourir à domicile.

En même temps que ses ressources diminuaient, Mlle Papillon, par une singulière malchance, voyait ses charges s'accroî- tre, ses dépenses augmenter. Un petit- neveu, un orphelin d'une douzaine d'an- nées, lui tombait du ciel, ou, plus exac- tement, lui arrivait du fond des Arden- nes.

Que faire de ce gamin qui n'avait plus sur terre d'au- tre parent que sa grand'tante et sem- blait d'ailleurs bien gentil, avec sa fri- mousse éveillée, ses yeux fureteurs, son petit nez en trompette et ses cheveux ébouriffés?

Mlle Papillon s'accompagnait sur une guitare.

Grâce aux pieuses dames qui s'intéressaient à elle, Mlle Papillon réussit à placer cet enfant comme apprenti chez le principal pâtissier-confiseur de la ville, M. Kemper, dont la boutique faisait l'angle des rues Notre-Dame et Entre-deux-Ponts.

Francis, ou plutôt « le petit Papillon », comme on n'avait pas tardé à le surnommer, était non seulement nourri et logé par M. Kemper, mais il touchait en outre une légère rétribution chaque mois, une dizaine de francs, que sa tante lui avait sagement conseillé de ne pas dépenser.

« Donne-les-moi, ces dix francs, je te les garderai, et lorsque tu auras besoin d'une paire de chaussures ou d'un vêtement, tu seras bien aise de trouver de quoi faire ton emplette. »

L'apprenti de M. Kemper promit de suivre ce conseil ; au bout de plusieurs mois, il n'avait cependant encore effectué aucun versement entre les mains de sa parente et ne semblait nullement pressé de tenir sa promesse. Ce n'est pas qu'il manquât de confiance envers sa tante et craignît de se voir frustré de ses économies, non certes ; mais le jeune Papillon avait la passion de la lecture et tout son argent filait en achats de livres et de journaux. Il ne faisait que lire : on ne le rencontrait pas une seule fois dans la rue avec sa manne sur la tête, sans qu'il fût plongé dans quelque bouquin ou posté le long d'une muraille, devant des affiches.

M. Kemper en était désolé et, à l'occasion, il ne cachait pas à Mlle Papillon son mécontentement.

« Je ne pourrai pas le garder, vous savez! Il n'a aucun goût pour le métier, ce garçon-là, aucun! C'est chez un libraire qu'il aurait fallu le mettre : c'était là son affaire! »

L'apprenti lisait toujours.

Bientôt la mesure fut comble et M. Kemper se vit forcé de congédier son patronnet.

Voici dans quelle occasion et après quelle mésaventure cet événement se produisit.

II

Il y avait en ce temps-là, à Popey, un entre-
preneur de transports et de camionnage, appelé
Populus, qui avait un chien, une espèce de petit
bouledogue ou de ratier, bien curieux.

Si quelqu'un s'approchait de la voiture de son
maître et y déposait colis ou panier, il laissait faire,
accueillait même ce dépôt avec des frétillements
de queue, des gambades, toutes sortes de témoi-
gnages de joie. Mais si vous aviez le malheur de
vouloir faire le contraire, c'est-à-dire d'essayer, en
l'absence de Populus, d'enlever un de ces colis,
paquets ou paniers, qui se trouvaient sur le camion,
alors Souriquet — c'était le nom du ratier — montrait les crocs, grondait, menaçait de vous dévorer,
devenait terrible.

Or, un dimanche qu'il y avait réception et grand
dîner au château de Salvanges, situé « aux portes »
de Popey, à l'extrémité de la promenade dite
Sous les Saules, M. Kemper chargea Francis Papillon

Le chien empêchait le pâtissier d'approcher

de porter chez la comtesse de Salvanges une longue manne toute remplie de bonnes choses : timbale milanaise, buisson d'écrevisses, pâté, baba, petits fours, etc.

« Surtout ne t'amuse pas en route! Ne t'arrête pas à lire à tous les coins de rue! Mme la comtesse m'a bien recommandé d'être exact : c'est pour six heures son dîner! Tu n'as que le temps!

— Soyez tranquille, patron, je serai à Salvanges avant six heures.

— Je l'espère! Allons, va, dépêche-toi! »

Comme il débouchait sur le boulevard de la Rochelle, le petit Papillon aperçut la voiture de Populus qui se dirigeait comme lui vers la promenade des Saules.

« Oh! quelle chance! se dit-il. Je m'en vais profiter de l'occasion! »

Il presse le pas, rattrape le camion, pose sa lourde manne sur l'arrière-train, et, s'enlevant sur ses deux mains, hop! il s'assoit près d'elle.

A peine installé, il tire un journal de sa poche, le déplie et se met à en dévorer les colonnes.

Soudain la voiture s'arrête et cette brusque cessation de mouvement interrompt l'absorbante occupation de Francis, le rappelle à lui et à son devoir.

« Où sommes-nous? Ah! nous voilà *Sous les Saules*, devant le chantier de MM. Borel frères.... Plus de la moitié du trajet est faite, et sans fatigue, bien à mon aise! En outre, je suis plus que sûr d'empocher là-bas un bon pourboire. Quelle aubaine! »

Et, sur cette agréable prévision, Francis saute à bas du camion et s'apprête à reprendre sa manne pour continuer sa route à pied.

Mais Souriquet ne l'entend pas ainsi, lui! Ah mais non! D'un bond il s'est élancé près de la manne, et gare à celui qui y touche! Il fera connaissance avec cette double rangée de crocs.

« Cependant je voudrais bien la reprendre! Je ne peux pas la laisser là.... Je ne puis pas rester là indéfiniment! » murmure Francis tout perplexe.

Mais, à chaque tentative qu'il fait, Souriquet grogne et rugit de plus belle, devient plus intraitable et plus féroce.

« Mon bon petit chien!... mon beau loulou!... Tu sais bien que c'est à moi ce panier-là? Tu le

Documents manquants (pages, cahiers...)
NF Z 43-120-13

DE LA PAGE 59
A LA PAGE 60

sais bien? Tu m'as vu le poser? articule Francis de
sa plus douce voix. Mon gentil toutou…. Oh! qu'il
est gentil! Laisse-moi débarrasser le camion de
ton maître!

— Oua! Oua! Oua!… Krrr! Krrr!… »

Car Souriquet est incorruptible et les vils flat-
teurs n'ont rien à espérer de lui.

« Mais comment faire, mon Dieu, comment
faire?… Si seulement M. Populus était là! Mais
il est entré dans le chantier de pierres, il est
tout au bout, là-bas, chez MM. Borel, et il ne
revient pas, et le temps s'écoule! Ah! mon Dieu!
mon Dieu! »

Des passants s'étaient arrêtés, on faisait cercle
autour du camion, et on se tordait de rire à l'aspect
de la mine penaude du malheureux petit marmiton,
et des airs rageurs et furibonds de maître Souriquet.

« Attends, disait l'un, je m'en vais le saisir par
la queue et tu retireras vite ta manne. Y sommes-
nous?

— Non! Non! J'ai une idée, une idée meilleure!
s'écriait un autre assistant. Je vais faire semblant
d'enlever cette caisse-là,… celle-ci, tu vois bien?…

et pendant qu'il aura le dos tourné et jappera contre moi, tu ôteras ta manne d'un seul coup.

— D'un seul coup? Je ne pourrai pas, m'sieu! Elle est bien trop lourde! répliquait Francis désespéré.

— Essayons tout de même! »

On essayait.... Mais Souriquet déjouait toutes ces ruses, faisait face à tous ses assaillants à la fois, et demeurait invariablement maître du champ de bataille.

Ahuri, les yeux hagards, les pommettes en feu, le front moite de sueur, le petit patronnet faisait peine à voir.

« Ah! mon Dieu! mon Dieu! Si seulement M. Populus revenait! s'exclamait-il. C'est que... je suis très pressé! C'est pour un grand dîner, à Salvanges! »

M. Populus ne revint que trois quarts d'heure plus tard, et quand Francis Papillon arriva à destination, il se trouva qu'on n'avait plus besoin de lui : on s'était mis à table sans l'attendre.

« Tu peux remporter ta marchandise, mon petit ami, lui dit Mme la comtesse en personne, et tu préviendras M. Kemper que, cette fois, c'est bien fini : j'ai donné l'ordre de régler son compte ! »

III

« Et maintenant, que vais-je faire de toi ? s'écria Mlle Papillon lorsque M. Kemper lui eut rendu son neveu. Ah ! mauvais sujet ! N'avoir pas su te tenir dans une si bonne place, avec un si digne homme !

— Mais, ma tante, ce n'est pas ma faute, je vous assure !

— Jamais tu ne retrouveras un patron comme M. Kemper, une maison comme la sienne ! La meilleure pâtisserie de la ville !

— Il y a autre chose que la pâtisserie, ma tante !

— Enfin qu'est-ce que tu veux faire ? Te sens-tu une vocation quelconque ? Tu as toujours le nez sur les livres, et M. Kemper prétend que tu pourrais réussir dans la librairie, chez les demoiselles Jéricho ou chez M. Bigeard.

— Oui, ma tante, j'aimerais bien à entrer chez M. Bigeard. »

Mlle Papillon confia ses tracas à l'une de ses protectrices, trésorière du bureau de bienfaisance et cousine du susdit libraire.

Tout d'abord M. Bigeard fit la grimace.

« Libraire? Un garçon qui aime les livres? M. Kemper s'imagine cela! Mais c'est tout l'opposé! C'est comme si j'allais lui recommander, à ce brave M. Kemper, un apprenti mitron qui adorerait les brioches et les tartes et ne pourrait s'en passer. Drôle de dispositions pour un commerce que de vouloir être à soi-même son meilleur client! »

Par considération pour sa parente, mais par cette considération seule, le père Bigeard se laissa fléchir et consentit à prendre chez lui le petit-neveu de Mlle Papillon.

« Mais *au pair*! s'empressa-t-il d'ajouter, sans appointements! Je le nourrirai, je le logerai, c'est tout ce que je puis faire, et c'est déjà trop! »

Il n'était pas commode, le père Bigeard, et encore moins donnant et généreux. Il avait même la réputation de tirer profit de tout, de toujours chercher, comme on dit, à tondre les œufs

Francis s'en aperçut et, jusqu'à ses vingt-trois ans, fut la victime de cet égoïste et ladre individu, qui n'était jamais content de personne, et ne semblait le garder que par grâce et commisération.

Au bout de la première année, il lui avait cependant alloué un salaire de quinze francs par mois, qu'il avait doublé l'année suivante.

« Mais ne m'en demandez pas davantage! Inutile! » avait-il péremptoirement déclaré.

Comme il fallait qu'il fût enchanté de son commis et se rendît compte des services qu'il recevait de lui!

Francis s'était en effet rapidement mis au courant de ses nouvelles fonctions, et, en dépit des pronostics de son patron, il les remplissait à merveille et faisait preuve d'autant de zèle que d'intelligence. Loin de lui nuire, son goût pour les livres, ses sommaires connaissances du métier, l'avaient puissamment servi.

Chaque dimanche il allait passer une couple d'heures auprès de sa tante, qui s'affaiblissait de jour en jour, devenait de plus en plus lente à se mouvoir, plus voûtée et recroquevillée.

Elle se désolait de voir son neveu aussi mal rétribué et l'exhortait souvent à abandonner M. Bigeard.

« Ah! tu aurais mieux fait de rester dans la pâtisserie, chez ce bon M. Kemper!

— Mais c'est lui qui n'a plus voulu de moi, ma tante! Et puis je ne le regrette pas, je vous l'avoue! Je me plais très bien où je suis. Le commerce des livres me convient; c'est tout à fait ce qu'il me fallait!

— Tout est pour le mieux alors, mon enfant! N'importe, M. Bigeard pourrait bien augmenter un peu tes appointements! »

Mlle Papillon bientôt ne quitta plus son lit. Avec l'âge — elle entrait dans ses quatre-vingts ans — ses facultés morales, comme ses forces physiques, avaient beaucoup baissé. Elle perdait la mémoire et embrouillait aisément ses idées.

En revanche, les refrains qu'elle chantait jadis dans les rues voltigeaient continuellement sur ses lèvres; et, si ses mains étaient devenues trop débiles pour tenir sa guitare et en faire vibrer les cordes, du moins ne cessait-elle d'avoir les yeux

fixés sur cet instrument, toujours accroché au-
dessus d'elle, dans son alcôve

« Surtout, quand je ne serai plus là, fais bien
attention à ma guitare! Tu en auras bien soin,
n'est-ce pas, Francis? » répétait-elle souvent à
son neveu.

Et elle lui faisait jurer qu'il ne la vendrait pas,
cette magnifique guitare, qu'il la conserverait
pieusement, religieusement, en souvenir d'elle.

IV

Mlle Papillon s'éteignit un soir de printemps,
et, lorsque son neveu l'eut conduite à sa dernière
demeure, dans l'agreste cimetière de Popey-sur-
Ornain, il procéda à l'enlèvement des chétifs meu-
bles laissés par elle. Un homme de peine l'aidait
dans cette tâche et empilait les objets sur une
voiture à bras rangée devant la porte.

Comme ce déménageur d'occasion venait de
tirer le lit et le roulait hors de l'alcôve :

« Prenez bien garde à la guitare! lui cria vivement Francis.

— Je vais la décrocher tout de suite et vous la passer, monsieur; comme ça vous ne craindrez plus d'accident.... »

Mais, à l'instant même où cet ouvrier plus zélé qu'habile mettait la main sur la guitare, le clou qui la soutenait se détacha, et le précieux instrument tomba droit sur le plancher et s'y brisa avec de métalliques vibrations, comme un long tintement de grelots.

Francis ne put retenir un cri de désolation et de colère.

« Oh! »

En même temps il se baissa pour ramasser ces débris.

Mais des billets de banque, des pièces de monnaie, quantité de pièces d'or, sortaient des flancs entr'ouverts de l'instrument. Francis compta : il y avait douze mille et quelques cents francs.

C'étaient les économies de la chanteuse ambulante, qui avait fini par se servir de sa guitare comme de coffre-fort.

Avec cet argent Francis acheta le fonds de

La guitare se brisa.

librairie des demoiselles Jéricho, et il sut si bien
l'achalander et le remonter qu'au bout de l'année

il avait détrôné le père Bigeard, jusqu'alors réputé le premier libraire de Popey-sur-Ornain.

Et jamais Francis Papillon n'a oublié le terrible petit chien de Populus, qui lui fit si heureusement quitter la pâtisserie Kemper, ni surtout l'incomparable guitare de la tante Papillon, qui lui a permis de s'établir à son compte et de faire for-

TABLE

Fils unique.. 7
Le neveu de Mlle Papillon.............................. 40

Coulommiers. — Imp. Paul BRODARD. — 666-91.

Début d'une série de documents
en couleur

Fin d'une série de documents
en couleur

www.ingramcontent.com/pod-product-compliance
Ingram Content Group UK Ltd.
Pitfield, Milton Keynes, MK11 3LW, UK
UKHW022344130726
13694UKWH00006B/1199